La mejor Navidad

Primera edición: octubre 2006
Segunda edición: noviembre 2010

1033 E. Main St., #202, Alhambra, CA 91801
Edición publicada por acuerdo con Heryin Books, Inc.

Alcalá de Guadaira, 26, bajos - 08020 Barcelona

Título original: *The Best Christmas Ever*

Director de colección: José Díaz
Adaptación gráfica: Ana Uribe
Traducción: Aloe Azid

EAN: 978-84-96473-50-8
Impreso en China

www.thuleediciones.com

A mi querido padre

La mejor Navidad

Chih-Yuan Chen

Había sido un año difícil
para el papá de Osito.
Su negocio había ido mal y
no encontraba otro trabajo.
Quedaba el dinero justo
para comprar comida.

Faltaba poco para Navidad,
y todos esperaban regalos...
¿Qué iban a hacer?

Mamá Osa contó el dinero y le dijo a Papá Oso:
—Tenemos que ahorrar esto para el invierno.
Este año no podremos comprarles regalos a los niños.

Unos días antes de Navidad Mamá Osa preparó los adornos navideños con ropa vieja que a Osito ya le estaba pequeña. La hermana y el hermano de Osito, mayores que él, decoraron las ventanas con la esperanza de llamar la atención de Papá Noel.

Aquella tarde, Papá Oso se puso el sombrero
y salió a recoger algunas ramas para hacer
el árbol de Navidad de la familia.

Papá Oso colgó los adornos
del árbol. Lo espolvoreó por
arriba con harina blanca,
que cayó sobre las ramas
como nieve fresca.

Por Nochebuena, Mamá Osa
preparó una deliciosa cena con
peces que Papá Oso había pescado.

Después de cenar, todos subieron a
acostarse. Apenas se dijeron nada,
sólo un «Buenas noches» en susurros.

Osito daba vueltas en la cama, sin poder dormir. Llamó a Papá Oso y le pidió que le leyera un cuento de Navidad.

Cuando el cuento acabó, Osito le dijo en voz baja a su padre:
—Papá Noel nos trae regalos cada año. No se olvidará de nosotros ahora.

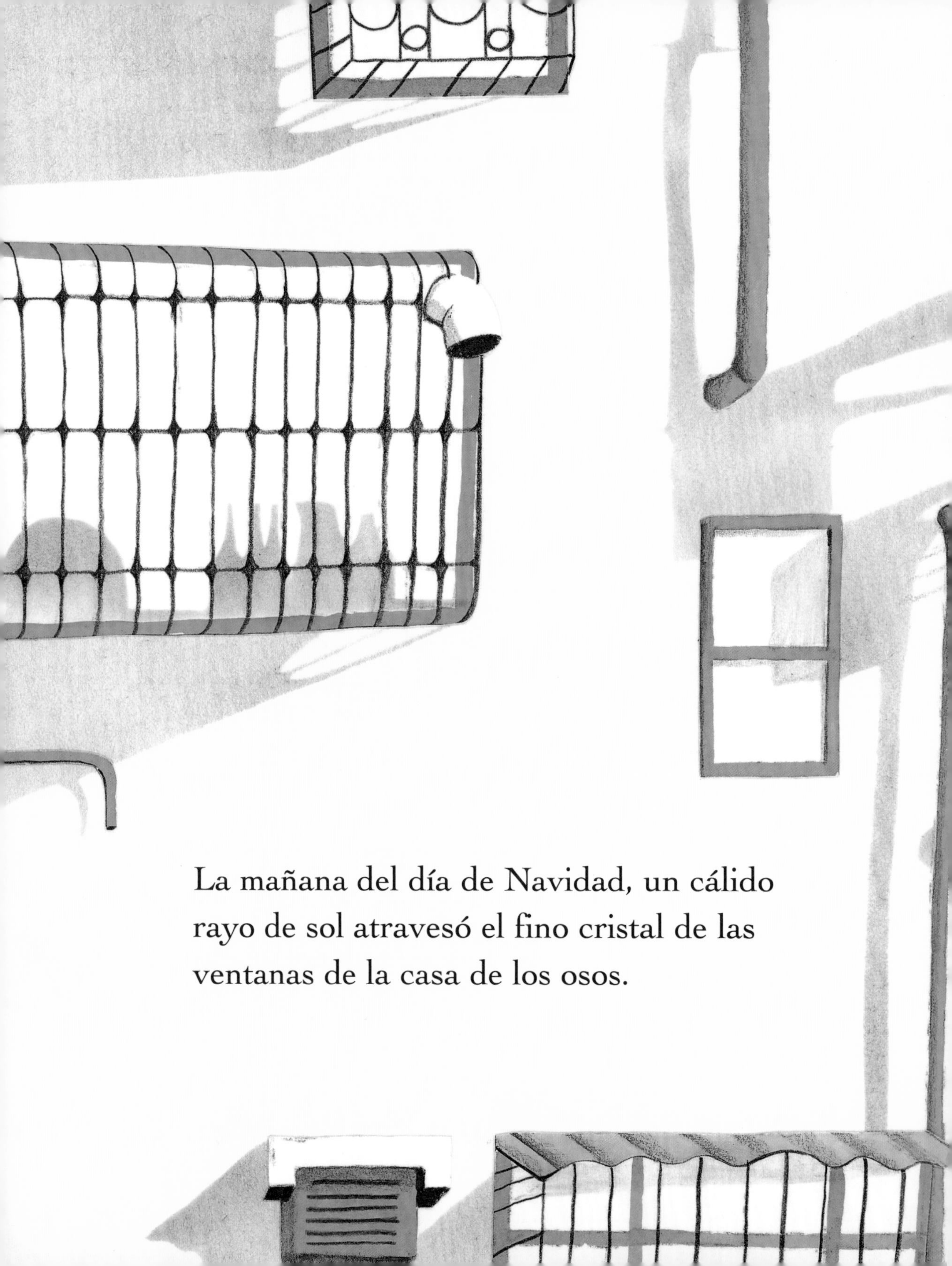

La mañana del día de Navidad, un cálido rayo de sol atravesó el fino cristal de las ventanas de la casa de los osos.

El rayo iluminó cinco regalos de
distintos tamaños que había bajo
el árbol de Navidad.

Osito fue el primero en levantarse.
—¡Regalos! ¡Venid todos! ¡Mirad!
—exclamó despertando a toda la familia.

Cada uno encontró un regalo con su nombre.
Hermano Oso exclamó con alegría:
—¡Ha tenido que ser Papá Noel!

Hermano Oso abrió su regalo.
—¡Es mi cometa! —dijo asombrado—.
Chocó con un árbol y se le abrió un
agujero... Pero ¡ahora está como nueva!

El regalo de Hermana Osa era un paraguas, el que había perdido en el parque, junto a los columpios.
—¡Papá Noel debía saber cuánto deseaba recuperarlo! —dijo emocionada.

El regalo de Mamá Osa era un botón perdido de su vestido favorito. Lo sostuvo en el hueco de la mano como si fuera una joya.

El regalo de Papá Oso era el sombrero que el viento se había llevado el día que recogía ramas para el árbol de Navidad.
—¿Cómo pudo encontrar Papá Noel mi sombrero? —se preguntó maravillado.

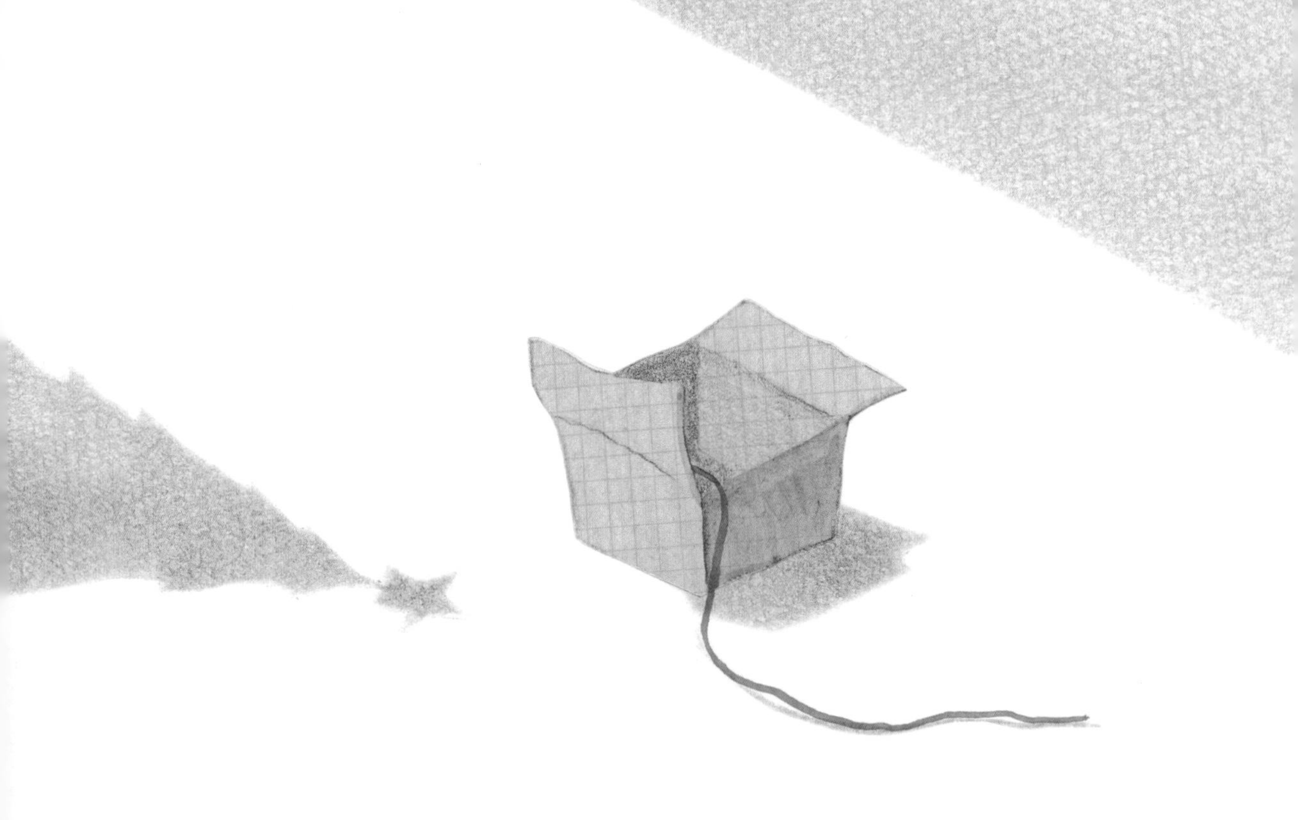

El regalo de Osito era su guante de
béisbol preferido:
—¡Está tan limpio y reluciente como
recién comprado! —dijo.

Hermana Osa descubrió algo extraño: bajo el árbol se veían pequeñas pisadas.
—Papá Noel las habrá dejado al traer los regalos. Pero ¿por qué son tan pequeñas? —preguntó.
Papá Oso miró a Osito y dijo:
—A lo mejor este Papá Noel era un enano.
Mamá Osa se rió y dijo:
—Si fuera así, más que un Papá Noel sería un «Niño» Noel.

Pasaron todo el día de Navidad
hablando de los misteriosos regalos
y, por supuesto, de la misteriosa
visita de «Niño Noel».

Todas aquellas viejas cosas de la
familia, presentadas como nuevas,
habían reavivado gratos recuerdos.

Y así fue como los Osos pasaron
la mejor Navidad de todas.

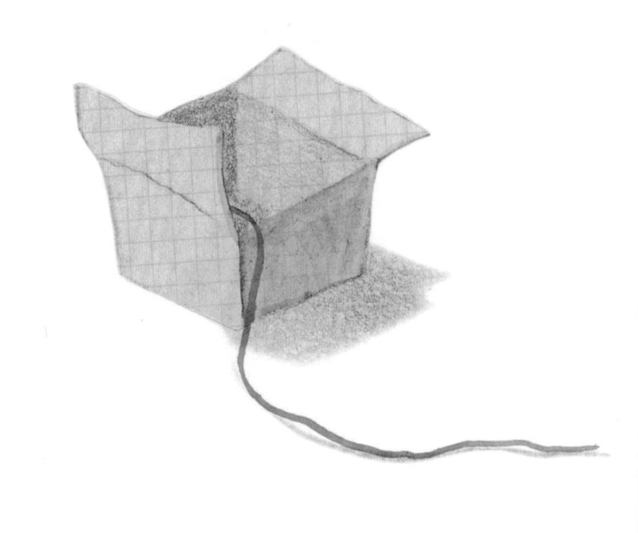